다 지나간다

다 지나간다

송양의 시집

천년의시작

시인의 말

사랑 인연 행복 슬픔 친구 가족 돈과 명예….
다 지나간다.
세월은 오늘도 간다. 우리 인생도 간다.
나이 들어보니 알겠다.
다 부질없는 일로 인생을 까먹었다는 것을
철들면 늦는다. 변화하려 해도 그 흐름에 들지 못한다.
마음을 한곳에 머물지 말자. 모든 것은 다 지나간다.

2026년 1월 5일
月波 송양의

차례

시인의 말　5

제1부　헤어진다는 것

제2부 당신이 전부다

제6부 지금이 좋은 나이

제1부

헤어진다는 것

헤어진다는 것은 슬픈 것
슬픔은 견디는 것이 아닌 것
그냥 흘러가게 하는 것
내버려두면 진정되는 것
아프면 감정으로 채워주는 것
그러나 잠겨 있으면 안 되는 것
유효기간 지나면 버리는 것
생각의 방법을 바꾸라는 것
새롭게 도전하여 이기라는 것
일어나서 꿈의 증거가 되라는 것

눈雪

21

눈이 내린다
그와 갔던 길이 하얗게 지워졌다
기억하지 말라고 펑펑 내린다
한恨처럼 눈이 내린다.

어머니 돌봄

한 살 때 내가 그랬을까
99세 어머니 이불에 똥 누고 웃고 있다
옷 반쯤 벗은 채 냄새난다
시원하게 옷을 벗긴다
목욕시키고 옷 갈아입히고 먹을 것 드리고
손빨래한다
없는 이에 끼운 틀니 도망가고 말이 샌다
어머니는 해탈이고 나는 수난이다
사랑 놓고 싶다
전생에 쓴 유서처럼 독백하고
33킬로그램 어머니는 다 알고 내 등 두드린다
낙엽처럼 부서져 버릴 것 같다
몸도 미련도 버린 어머니
가여워서 손 뗄 수 없다
냄새 나는 건 기억하라는 뜻
아들에게 이런 꼴 보며 살아야 하느냐고
정신 드는 듯 말한다
나만 아는 언어다
화장실에 갈 힘이 없을 것이다
나도 한 살 때 그러했을 것이다

기어갈 수 없는 그때와 지금은 99년 세월이 닮았다
요양병원에는 절대 안 간대서 집에서 돌봄 받는다
그 누구도 내가 견디는 삶을 설명하지 않는다
요양보호사도 꺼리는 일
냄새가 별거냐는 간병인 겸 보호자인 나
돌봄 받을 나이에 돌봄하고 있다
속 깊은 보호자답게 들키지 않도록
우는 요령도 터득했다
요양원에 보내라고 쉽게 말들 하지만
현실은 이상과 다르다
조립식 레고처럼 침대에 눕혀놓고
집 밖으로 나온다
한겨울인데 땀이 흥건하다
별거라던 냄새 가득하다
눈을 모아 손을 씻어도 씻어도
어머니 냄새 지울 수 없다
찬 바람이 횡 분다
겨울을 걷는다
걸으며 생각을 만나고 싶은데 눈물이 먼저다.

당신으로 인해

모든 순간이 점이었다, 아니다, 선이었다
한순간도 당신이 아니었던 때는 없었다
절대 이겨내지 못할 것도 당신이 있어서 견디었다
그러한 점들이 모여 인생이 되었다
내 사랑은 조금도 변하지 않은 모습으로 존재한다
사랑을 잃어버린 줄 알았을 때
사랑이 다시 시작된다
당신 속으로 더 깊게 담겼다
이길 수 없는 공허도 있지만 당신이 있었기에
삶은 계속되었다
매 순간이 당신 자체였음을 잊을 수 없다
내가 아파도 당신은 행복 준비가 충분한 사람이다
당신으로 인해 하루가 시작돈다
당신의 추억이 살게 하는 힘이 된다
행복한 때는 항상 그 대상이 당신이었으면 한다
당신으로 인해 맑은 사람이 되고 있다
당신으로 인해 예쁜 것들을 찾아 나선다
당신에 대한 사랑이 이 세상을 가득 채운다
그 무엇보다도 당신은 예쁘기 때문이다
내 곁에 아무도 없어도 마음에는

충분히 당신을 담아두어 다행이다
내 삶의 모두를 아낌없이 건네주고 싶은 사람이다
버틴 하루가 당신 생각으로
의미 있는 하루가 되었다
죽어도 당신을 사랑할 것이기에
나는 괜찮은 사람인 모양이다
당신만을 사랑한 후회가 뿌듯함으로 남기를 바란다
당신 마음에 내 삶을 새기는 일이
멈추어질 날이 올 것이다
그날까지 당신으로 인해 모든 순간 나는 행복한 사
람일 것이다.

오페라의 유령

오페라의 유령은 존재한다
당신의 가슴속에
아무리 부정해도 잊으려 해도
내 가슴속에 살아있듯
비록 이루어질 수 없는 사랑이지만
비극으로 끝날 마지막이지만
영원한 사랑은 그 무엇도 막지 못할 것
그대여 부르라, 나의 사랑을
내 목소리가 그대 귓가에 맴돌 것
당신이 보이지 않는 건
눈물이 앞을 가려서는 아닐 터
당신을 만날 수 없는 것은
이 세상을 다하지 못해서는 아닐 터
언젠가 그대 핏속에 내피 모두 쏟아부을 것
사랑한다면 오페라의 유령은 존재한다
그날의 추억이 노래한다 장미꽃 졌다
시간에도 졌다 쓸쓸한 날
꿈을 꾼다. 오페라의 유령인가 가슴 적신다.

별나라

나 혼자 왔다
그는 오지 않았다
준비한 것들은 필요 없어졌다
사랑하는 사람은 오지 않을 것이다
그럴 줄 알면서 별나라에 혼자 왔다
달빛만 외로이 빛난다
진실로 사랑해서 되돌아오지 말라 했는데
나는 버려졌다, 아주 가버렸다
다시 한번 더 사랑을 불태우는 꽃이 되고 싶다
다시 사랑의 포옹을 그리는 것은 사랑 죄
서로 사랑한다면 만나지 않아야 함을 안다
그립다는 말보다 천만 배 거센 사랑이 타오른다
불꽃이 나를 태운다
이루어질 수 없는 사랑은 고해의 바다
별나라에서 혼자 울게 한다.

겨울 바다

겨울에는 그 바다에 갈 수 없다고 했다
그와 헤어지지 않았다면 즐겨 갔을 바다
사랑의 계절은 모두 다녀갔다
아름다운 추억은 바람에 날리고 있다
깊은 상처만 넘실대는 바다는
가지 않겠다고 다짐했었다
또다시 이별하면 다시 돌아갈 곳이 없다
그는 갔고 나는 남아 점멸등처럼 바다에 서 있다
다시 오지 않을 그 사람을 목 놓아 부른다
파도 소리에 내가 잠긴다
겨울 바닷가에서 홀로 짠 눈물을 마신다.

이별

눈물이 모두 말라 빗방울 데려다가 운다
사랑하는 사람과 이별 후에는 모두 그러한지
눈물이 말라 비를 끌어다가 슬피 운다
비는 내리고 눈물이 흩어진다
둘만 아는 비밀의 이별이 가슴을 헤집는다
사랑의 마음은 빗물에 놓아주지 않고
도망가지도 않는다
안부를 보내고 싶어도 눈물겨워 풍경이 흐리다
달려가고 싶은 꿈은 앞에서 끊어지고 고통의 비를
맞으라 한다
눈물이 강물 되면 바람이나 될까
눈물방울 하염없이 흘러간다.

결별

그렇게도 바빴을까
나는 준비조차 생각하지 못했다
준비하라고 예고할 수 없었을까
예비하라고 눈치 보낼 수 없었을까
나 혼자 남겨두면 잘 살거라 믿었을까
한 사람이 전봇대를 붙잡고 흔든다
잡힌 것이 헤어진 애인과 닮았는가
냉기가 싫어 털썩 않는다
사랑 하나만은 성공하려 했었다
되는 것이 없는가
용기 잃은 선수처럼 쓰러진다
바닥이 흔들리며 휘청인다
하늘에 별이 관객이다
철저하게 혼자 무대에 서 있다.

숲 터널

당신을 기다리다가 나무로 터널을 만들었어요
숲이 유혹하는 손짓 따라 어서 오세요
언제 올지 몰라 거기서 여기까지 이어 놓았어요
당신이 걷는 길가 꽃으로 태어나고 싶네요
당신의 입술로 만든 꽃길을 걸어 오세요
하늘에는 당신이 없어 동굴에 그려 놓았어요
걸으며 생각하라고 의자는 만들어 놓지 않았어요
길이 다르면 한 방향으로 모이도록 만들었어요
당신의 말 한마디는 희망이에요
생명의 힘은 피어나서 나무 동굴이 되었네요
어서 오세요
당신을 기다리는 숲 터널이랍니다.

그 꽃

내가 꽃이 되고 싶었을 때
그는 뿌리가 되겠다고 했습니다
어느 것으로도 깨울 수 없는
기쁨의 꿈을 꾸고 있었습니다
세상이 아름답게 보여서
시간이 가는 줄도 몰랐습니다
사랑하면 이렇게 반짝이는
꽃이 될 줄은 몰랐습니다
계절이 바뀌는 줄도 모르고
강물에 노래를 흘려보냈습니다
꽃이 시들었다는 건 뿌리가 메마른 후였습니다
늦게 알았을까요 깨달아도 소용없는 것이었을까요
잘린 뿌리는 묻어달라는 편지뿐이었습니다
꽃은 견디지 못해 남은 목숨 놓겠다고 합니다
꿈은 사라지고 마른 꽃잎 날립니다
뿌리로 산다는 건 고단하여
눕고 싶다는 말이 생각납니다
사랑한다면 바꾸어 볼 수 있었을 텐데
너무 늦었나 봅니다
이제 내 노래는 차가움 속에 젖습니다
떨어진 꽃이 꽃말을 삼킵니다.

눈目

당신 눈 속에 내가 있다오
눈을 감지 마오 맡긴 내 몸을 확인하고 싶다오
삼키지 못해도 좋다오, 안식하는 내가 부럽다오
나만 알도록 당신 눈 속에 심어 놓았다오
당신의 꿈길도 따라갈 수 있다오
당신만 그리워할 거라오
생의 마지막 날까지
당신 이름을 부르다 죽으려 하오
그리움 한 방울까지 모두 넣었다오
마지막 사랑 오래 잠들게 해주오
영원한 길을 새기게 해주오.

기다림

차디찬 땅에 엎드려 귀 기울인다
그가 오는 소리를 듣기 위함이다
벌써 해가 저문다, 귀를 더 세운다
이대로 움직이지 않으면 언 몸에 눈 덮이리라
눈물로 언 땅 녹이며 만남을 꿈꾼다
돌아올 것이라는 믿음으로 견디며 귀 베고 누웠다
그의 발소리 놓치지 않으려고 꿈쩍하지 않는다
조금씩 내리는 눈 속을 바람이 뚫고 지나간다
봄날은 아직 먼데 그리움만 가득 품고 있다
적신 눈물 보여주고 그림자 품으로
들어가기 위함이다.

소원

내 몸은 왜 이렇게 작은가
내 몸이 태양만큼 크다면 너를 볼 수 있을 것이다
내 몸은 왜 이렇게 작은가
내 몸이 달이라면 밤에도 너를 볼 수 있을 것이다
별이 되고 달이 되고 해가 되고
우주가 된다면 매일 볼 수 있을 것이다
집 안에 있다면
지붕만 투시해 달라고 기도하면 그만이다
배 위에 있다면
바람을 일으켜 육지로 돌아오게 하면 끝이다
너는 어디엔가 머물고 있을 것이다
그렇게 사랑했던 기억을 잊고 있을까
우선 내 몸부터 부풀려야겠다
기도가 들어준다면 지구만큼 커질 테니까.

비

잊으라고 완전히 씻어지라고 비가 내린다
눈물로 비 맞는다고 그는 돌아오지 않을 터
추억마저 흘러가라고
생각마저 지워져 버리라고 비가 내린다
벗어나라고 하루 내내 비가 내린다
이제는 견디는 자세 풀어버리라고 비가 내린다
목숨 걸고 움츠렸던 몸매 흩날려 버리라고
비가 내린다
억울함에서 나오라고 세월은 너무나 빨리 흐른다고
쏟아지는 비는 말한다 "그만 놓아주라"
가슴에 지우지 못한 건 비에 잠기게 하라고
비가 내린다
어떻게 잊을 수 있냐고 비에게 물었다
자상한 대답 한마디도 없이 주룩주룩 비가 내린다
새벽부터 저녁까지 비가 내린다.

빗물

모두 내려놓으라고 비가 내린다
털어버리고 자유인 되라고 비가 내린다
감당 못 할 만큼 매력적인 것이 있는가
죽을 만큼 사랑해도 떠나거나 죽는다
죄짓지 않으려면 내려놓아야 한다
더 이상 죄짓지 않으려면 잠수해야 한다
바람에도 걸리지 않는 자연인의 삶을 좇아라
속세에 발 담그는 것 자체가 사치다
비가 내린다
빗물에 홀로 잠긴다.

모래시계공원

여긴 시간을 만들지 않는 곳
분초의 길이가 아주 긴 곳
푸른 바다와 맑은 하늘이 있는 곳
뒷산에는 꽃피고 새들 지저귀고
자유와 낭만이 가득한 곳
세상 밖의 세상
모래시계공원
머물고 싶어 머물다가 시간 없이 사는 곳.

가면

사랑은 정신과 육체의 합
아랫도리에 힘주지 마라
잠자고 싶은 생각은 무기가 아니다
벗겨준다는 착각
허무하고 예의 없는 밤이 지나간다
며칠 함께 자고 나면 꿈도 사라진다
정신적 사랑만이 사랑이라는 형식에는
상처가 필요하다
건널 수 없는 사막처럼 아픈 길
고요함에도 무너질 희망
하회탈 쓰고 거울 본다 가면이 웃는다.

소망

우리가 헤어진 것은
우리가 다 자라지 않았기 때문이리라
해가 힘든 여정을 매일 반복하는 것은
키워야 할 것들이 남아있기 때문이리라
해라고 쉬고 싶지 않겠는가
해라고 괴로움이 없겠는가
끝까지 비추는 것은
우리가 다 꽃피지 못했기 때문이리라
다 껴안고 가고 싶기 때문이리라
먼 길 돌아서라도 해처럼 살자
우리가 다 자라야 고단한 삶 놓고 웃을 태양
그러니 돌아와
백 년이라도 기다릴게
사랑이 현실에 갇히는 날은 없을 거야.

헤어진다는 것

헤어진다는 것은 슬픈 것
슬픔은 견디는 것이 아닌 것
그냥 흘러가게 하는 것
내버려두면 진정되는 것
아프면 감정으로 채워주는 것
그러나 잠겨 있으면 안 되는 것
유효기간 지나면 버리는 것
생각의 방법을 바꾸라는 것
새롭게 도전하여 이기라는 것
일어나서 꿈의 증거가 되라는 것.

행복은

행복은 만드는 것
내가 해야 하는 것
어떻게 만들까 어떤 맛으로 할까
앞만 보고 달리지 말고 주변도 살펴보며
천천히 그린 삶을 살라는 것
행복은 내가 만드는 것
내가 선택하고 내가 결정하는 것.

유리 종

거실 장에 가득한 종 하나 꺼내어 흔들어본다
텅 빈 나처럼 유리 종 맑다
가슴속에서 맑은소리 울린다
그렇게 모아서 흔들어보고 싶은 사람 그립다
그가 그렇게 하고 싶던 걸 내가 이어 흔들어댄다
노래처럼 살자 했는데 입을 닫았다
겨울 가고 또 계절이 바뀌었건만 길이 막혔다
사랑 대신 붉은 노을이 안겨보라 한다
유리 종에 그의 얼굴을 그려본다
석양에서 여기까지 선하나 그려졌다 사라진다
어디에서 그가 날 지켜보고 있는 것일까
그는 없고 유리 종만 나처럼 홀로 있다
유리 종소리 구슬프다
눈물이 마음을 적신다.

제2부

당신이 전부다

당신 눈 속에는 우주가 있다
별 달 꽃 호수 바다, 그리고 나
내 가슴속에는 당신이 있다
웃고 말하고 손잡고 포옹하고
염원의 꽃이다
꽃씨를 품는다
당신이 그림이다
당신이 세계다

사라진 당신

숨이 멎는다
당신을 사랑해서
영원한 약속 낯설다
당신은 최선을 다해 달아났다
입술로 인사하던 때가 그립다

꿈속에서는 아니 헤어질 터
당신을 빌려 쓸 수 있을 터
그러면 우리의 사랑을 발굴할지 몰라
덧칠해 나가는 계절이 외롭다
안녕, 사라진 당신이여!

비 오는 날

당신의 눈빛에 녹아 버릴까 봐 우산을 쓴다
당신의 말에 타오를까 봐 물을 찾는다
당신의 향기는 봄보다 먼저 와서 나를 당긴다
당신은 계절도 없이 한겨울도 봄인가 봐
기억해달라는 말 늦었지만 차마 아쉽다
당신을 읊을수록 외로워서 봄은 가고
비가 쏟아진다, 나에게로 쏟아진다
빗물에 두둥실 당신 곁으로 가고 싶어
내비게이션에도 없는 당신 주소를 빗물에 그린다
비구름이 어둠 속으로 떠난다
숨 쉴 하늘이 없어지는 것은 당신 탓이 아니건만
당신의 영향력에서 사라짐을 느낀다
빗물이 바다 되어 당신께 배 띄운다 해도
지구 몇 바퀴를 돌아야 당신께 닿을지 몰라
아직 당신을 지니고 있는데 눈에서 빗물이 흐른다
함께 폈던 우산은 제 홀로 기다리고
숨겨둔 추억들이 발목을 아프게 적신다
비가 떠났다, 사랑한다는 말과 함께 갔다.

비 내리는 바다

비가 내리는 날
바닷가에서 상처를 떠내려 보려 하고 있다
하루 내 서 있으면 될듯한데
영혼까지 잃을까 봐 되돌아선다
나에게도 안녕하고 인사쯤은 해본다.
영원한 사랑을 하겠노라고 바다에 실려 보냈었던가
빗물인지 눈물인지 사위를 덮는다
가슴을 흔드는 파도, 설렘이었으면 좋겠다
돌아서다가 다시 바다로 간다
첫사랑처럼 침묵하며 그리움에 젖는다
방언하듯 언어들이 돋아난다
빗물은 야윌 줄도 모르는지 발목을 묶는다
몰려오는 기억들, 파도의 입으로 들어가고 있다.

노안

멀리 보라고 더 멀리 보고 살라고 노안이 되었다
가까이 있는 것들은 그래서 흐릿했구나
시야를 넓히고 하늘나라까지 보면
꿈속의 그리운 이도 볼 수 있을까
이러려고 긴 세월을 기다렸던가
짜증 없는 별에 말해볼까
잔소리 없는 달님에게 말해볼까
빈 가슴속에 굴러다니는 바람
어린 별로 새로 태어나고 싶은 건
외로움이 똑똑 떨어지는 발등 때문인가
마지막으로 들어가야 할 문이 보여서인가
허한 마음 들고 먼 곳을 본다.

일생

로댕은 생각하는 사람을 만들었다
생각 있는 나는 무엇을 만들었나
목수는 죽은 나무로도 작품을 만들고
조각가는 돌덩이로
예술품을 만들어 다시 태어나게 한다
나는 나를 깎고 다듬는데 그대로이다
하늘나라 올라가겠다고 사다리 만드는 사람
부활하겠다고 새사람 될 거라는 사람
꿈이 꿈일지라도 부럽기만 하다
무엇을 해야 그리고 싶은 것을 그릴까
온몸으로 말해야 하나 속말로 해야 하나
오백 년 팽나무처럼 살 수 없는데
고작 꿈속에서나 행운을 얻으라니
풀잎처럼 흔들리며 사는 일생이 허허롭다
물이 산을 떠나듯
남은 인생 후회하지 않게 비워봐야겠다.

호수

호수의 깊이는 얼마나 될까
그 사람의 깊이만큼 모를 일인가
달도 해도 잠기는 호수
기다림의 깊이처럼 모를 일인가
밤에는 더 깊어지는 호수
그리움의 깊이만큼 침묵이 깊어진다
얼마나 더 고요해야 하는지
호수를 내려다보며 옛일 바라본다
그 사람을 생각하는 만큼 고여있다면
새삼 옛정도 끝을 모를 일인가
내 것인 적 없던 순간들을 품고 가려 했던가
호수는 외로움을 채워가는데
나는 흘러간 것을 채워 가려 한다
호수는 다 내려놓아서
저렇게 조용히 누워있는 것인가
발자취 하나 찍겠다는
마음 저 물로 씻어낼 수 있을까
풍경 가장자리에 날 앉혀놓고
호수는 제 홀로 무상무념이다.

벤치

벤치인들 산책하고 싶지 않으랴
등산하고 시내 구경도 하고 싶으리라
누구도 오지 않는 깊은 밤에는 밤새 다니다가
제자리에 앉을지도 몰라
나무를 잘라 대패질하여 만들어서 산속에 숨어있다
몰래 돌아올지 몰라
바람이 앉았다간 자리 단풍 하나 물들었다
풀잎이 말하면 말하려는지 입을 닫았다
움직일 수 없다고 망설임도 물음도 흔들림도 없다
누구도 품으며 산다고 속 좁은 나를 안쓰러워한다
빈부귀천 가리지 않고 앉게 한다
모두 떠나 혼자 남아도 혼자 울지 않는다
나는 누구에게 의자가 되어본 적 있던가
한평생 같은자리
힘들어도 하늘처럼 팔 벌려 포용한다.

첫사랑 I

별처럼 아름다운 꽃이었다
꽃처럼 아름다운 별이었다
그가 꽃으로 보여서였을까
그 흔한 꽃 한 송이 전하지 못했다
그가 별처럼 보여서였을까
망설이다가 고백 한번 못했다
찾아가지 못한 고백만 하늘의 별처럼 많았다
지금은 꽃으로 살고 있을까, 별로 살고 있을까
눈감으면 고운 입술 살짝 얹어놓고 갈 것 같은데
못 잊는 마음 씻어내지 못하고 어루만진다
두 손으로 붙잡아도 잡히지 않는 바람이었나
첫사랑 그리면 숨도 크게 쉴 수 없다
바람은 봄꽃을 데려오는데 혹시 하며
귀 기울여 듣는다
하고 싶었던 말들 모두 호리병에 담아 두었는데
가득 차 있어도 기울여 잔에 따를 그가 없다
단 한 번만 다시 만날 수 있다면
빈 가슴의 바람 소리 잠재울 수 있겠다
보고 싶음 더 이상 넘치지 않게
가슴속 낮은 곳에 구멍 하나 뚫을 수 있는데

하나가 없으니
하나로 사는 별로 있다가 만나라 하네.

부탁

내 삶을 앗아가다오
아니다, 내 목숨까지 앗아가다오
그대를 이토록 사랑하는데 무엇이 아깝겠는가
양면적인 감정이 끊임없이 오르내리게 둘 수 없다
평형을 유지하기 어렵다
나를 유지할 수 없으니 더 힘들지 않게 해다오.
우리의 사랑이 아름답고 위대하도록
더 위태롭지 않게 모두 앗아가다오.

그대의 방

내 속에 나는 없어져 가고 그대로 가득 차 있다
가슴속 그대의 방에 내가 존재한다
그대의 방안에서 머물고자 함이다
그대의 방에서 논다
내 가슴속 그대 방에서 사랑이 매일 이루어진다
그대의 방이 없으면 내 인생도 없다
그대를 위한 방을 만들면서 사랑은 커갔다

이별 뒤에도 내 가슴속 그대의 방은 계속되고 있다.

당신이 전부다

당신 눈 속에는 우주가 있다
별 달 꽃 호수 바다 그리고 나
내 가슴속에는 당신이 있다
웃고 말하고 손잡고 포옹하고
염원의 꽃이다
꽃씨를 품는다
당신이 그림이다
당신이 세계다.

선물

보고 싶어도 볼 수 없는
가지고 싶어도 가질 수 없는
보지 않아도 보이는
가질 수 없어도 들어온
당신이 선물이다.

사랑은

사랑은 바람이다 가질 수 없다
사랑은 소리다 들을 수는 있다
사랑은 상상의 나래다 뇌가 행동한다
사랑은 가뭄이다 갈수록 목마르다
사랑은 저울이다 고쳐 쓰는 것이 아니다
사랑은 악기다 연주하기 나름이다.

봄

봄이 왔다
나를 환생시켰다.

불꽃

당신이기에, 당신이라서
당신의 사랑에 데이고 싶다.

너

세상에는 예쁜 것들이 많다
그중에 최고는 너야.

너를 담다

함께하고 싶다
함께이고 싶다
그러면 너를 충분히 담았다고 말할래.

그때

걸었다, 풀들이 악기가 되었다
걸을 때마다 음악이 흘렀다
향기에 젖었다
단지 우리가 걸음을 옮길 뿐이었다.

지금

미래를 보는 지혜가 주어지지 않았다
보지 못한 뒷일은 알 수 없다
오늘 어떻게 살 작정인가
당장 즐거운 일을 하자.

행복

계절은 다 아름답다, 너처럼
볼 수 있어서 행복하다, 나처럼.

행복

제3부

후회하는 말

이렇게 쉬운데 말하지 못하고 살았을까
"사랑해"

당신

사랑스럽다
다른 말이 필요할까?

미련

그립다, 네가 지나갔다.

애인

너를 자랑하고 싶었다
지금은 슬픈 주인공이 되었다.

너에게

너는 내가 황홀을 품게 한다
나는 무조건 네 편이 될게.

너에게

내 사람

모든 것에 너를 입힌다
내가 확신한 사랑이다.

나눔

계절을 나누어 살게
반은 자기주고 싶어
당신은 항상 파랑으로 사는 유일한 사람이니까.

봄이다

봄바람이다, 네가 스며있다
봄 햇살이다, 네가 묻어있다.

사랑 그 후

네가 전부였다, 이별 전까지
매일 최선을 담는다, 몰래 너를 그리면서.

온도

좋은 온도로 바꾸어준다
따스함이 너를 닮았다
언제나 내 옆에 있어 주면 뿌듯하겠다.

후회하는 말

이렇게 쉬운데 말하지 못하고 살았을까
"사랑해."

표현

무엇이 잘났다고 매일 거른다
사랑의 표현.

어느 부부

당연하게 생각한다
작은 위로조차 밀려난다
좋은 말은 입속에서 사라진다
잘하는데, 고마운데.

부부

잘한다고 내뱉자
해야 할 표현이 뒷전으로 밀려 나가게 하지 말자
내 편인 한 사람
다정함은 흩뿌릴수록 좋다
봄만 따스한 것이 아니다.

우리

폭삭 안기자
하얀 눈꽃이 되면 어떠냐
사랑이 쉬지 않게 하자
입김을 불어주자.

내일은

너는 푸르다
슬플 때 회색으로 보일 뿐
밤바다가 검은색이듯
너는 푸르다
파도 아래는 푸른 빛이듯
너의 본래 색인 푸르름이 보일 거야.

풀을 뽑으며

남의 생명을 함부로 빼앗을 권리가 있는가?

행복하기에는

나에게 즐길 시간을 내어주는데
값진 것이 필요 없다
나를 위해 작은 것이면 충분하다.

하루

또 소중한 선물이 왔다
받을 수 없는 날이 가까워진다
오늘 하루도 채워졌는가?

행복론

남들의 행복이 부러웠다
뒤돌아보니 내 행복을 부러워하는 이도 있었다
다른 눈으로 보면 행복하지 않은 것이 없다.

길들이기

왼손으로 쓴다
매일 글을 썼더니 오른손이 아프다
어느 날부터 왼손이 익숙하다
길들이면 다 그런가 보다.

제4부

가을 산책

잎 지고 빈 가지 드러난다, 나처럼
풀꽃 같은 열정은 꿈이었나
내 영역을 벗어났다

잠 청하는 낙엽의 모습 밟기가 미안하다
한 번뿐인 인생이니 봐주겠다는 것인가
임무 수행 중인 가을 길 다라 산책한다

첫사랑 Ⅱ

잊는 것 어렵다, 보고픈 것 쉽다.

제주도

그리워서 닿은 곳 제주
맨날 보는 바다
집에서는 바다가 안 보였으면 좋겠다
오늘도 숨 한번 시원하게 쉰다.

행복한 사람

나는 혼자 산다
몸이 불편하다 없다
다만 감사가 입에 붙었다.

사랑

길게 말고 오래 하자
배우지 말고 익히자
결정 말고 시작하자.

설렘

사랑의 독이다
머물고 싶은 감정은 어찌하랴
다 잃어간다, 방향 전환이 더 잔인하다.

깨달음

98

쉬었더니 보인다
내려놓으니 보인다
그렇다고 큰일 나지 않는다

나를 돌아보니 보인다
잃을 게 많지 않다
현재를 놓치지 말아야겠다.

걱정

슬픔을 덜어주지 않는 당연하게 될 일들
믿음이 흔들릴 뿐, 갈구하는 욕심일 뿐
내 세계에 갇혀있는 것, 털고 나가자.

외로움

외로움은 세금이다
몫이 없어서 무디게 산다
외로움을 털어놓을 필요는 없다
말하고 싶은 비밀은 간직한다
하고 싶은 일만 하는 외로운 기술이 생기었다
많이 외로워 보면 외롭지 않다
외로움이 꺼지고 있다
외로움도 유통기한이 있나 보다.

커피타임

아침마다 커피는 종교다, 반복이 반갑다
위대한 편안함이다, 달래주는 공간이다
누구도 이해하지 못할 말을 한다
삶의 온도가 따스하다, 생각이 고이는 시간이다.

자유인

맨발로 맨땅을 밟는다, 황토 길이다, 자유인이다
생각들이 내린다, 조각들이 선을 만든다
남겨야 할 것은 머릿속에 둔다
걸음이 새털처럼 가볍다.

4월

라일락 향기 유혹할 때는 멈추어야 한다
꽃의 기도를 들어야 한다
설렘을 참을 필요는 없다
차가움을 딛고 나온 기적을 환영해야 한다
걱정은 앉혀두어도 좋다
향기에 취해 봄을 맞으면 그만이다.

세월

그때는 그랬지요, 힘 있게 걸었고요
지금은 꿈에서나 싱싱해요
헷갈리게 찾다가 경로우대증만 떨굽니다.

가을 나무

벗는다, 배우고 싶다, 벗는 지혜
물 한 모금 주었던 적도 없는데 다음 계절에 보잔다
욕심을 버리니 여유가 있나 보다
이별 연습하며 살아야겠다
내년을 장담 못 하겠지만.

벚꽃 진다

벚꽃 진다
하느님이 보낸 선물 답장하기 전에 꽃이 진다
가는 세월만 탓한다
스러진 꽃잎 푸른 잎으로 산책한다.

벚꽃 진다

가을 산책

잎 지고 빈 가지 드러난다 나처럼
풀꽃 같은 열정은 꿈이었나
내 영역을 벗어났다

잠 청하는 낙엽의 모습 밟기가 미안하다
한 번뿐인 인생이니 봐주겠다는 것인가
임무 수행 중인 가을 길 따라 산책한다.

나이

나이 잊고 살다가, 지하철 버스 탈 때 안다
세월이 주는 주름
제주교통 복지 카드, 어르신교통카드
나이 칠십 넘었다고 무료가 많다
작은 것에 감사해야 하는데 감동이 흐르지 않는다
오늘도 내 것이 아닌가, 옛날이 그리워진다.

봄날

나는 간다, 너에게
나는 머문다, 허공 속에.

빈 의자

너와 함께라서 좋았던 의자
지금은 바람 혼자 앉아 있다.

빈 의자

상고대

보석으로 피었다
눈물로 사라진다 해도 얼음꽃, 서리꽃, 그리움의 꽃.

비雨

비는 좋겠다, 창문에 그리움 그려대니
그리운 이 어느 별에 사는지조차 모르는 나

넓은 하루를 살던 비 바다로 돌아가고 있다.

제5부

사랑의 계절

"봄"

봄이 왔다
기다린 것은 그 사람인데
봄은 더 그립게 하고 갔다

잡초

잡초꽃이 참 예쁘다
내가 보고 싶은 것이 새싹 움트는 잡초였나보다.

편지

그리움을 봉해 우체통에 나를 넣는다
편지는 가주지 못할 것 같다.

한 사발

달빛도 담고 바람도 채워 넣고
그리움 한 그릇.

홀로

내가 내게 말을 건다, 시시하다고 생각지 않는다
혼자라고 인정한다, 오늘은 행복한 날이다.

홀로

골동품

사랑이 골동품이다, 낡고 빛바래졌다
그러나 희망으로 버리지 못한다
그리움이 가득 채워져 배경이 되었다
지워지지 않는 슬픈 감동이다.

걷다가

이별이 주는 선물도 행복이란다
반품하고 머물고 싶은 날로 돌아가고 싶다
걷는데 눈물이 멈췄다.

사랑의 계절

봄이 왔다
기다린 것은 그 사람인데 봄은 더 그립기 하고 갔다.

보고 싶다

봄바람에 실어 보낸 마음
기억나는 향기까지 나인 줄 알게 바보처럼
또 알려준다.

너

봄날의 선물.

환생

내가 다시 산다면 봄으로 태어나리
한 계절은 너와 함께 지낼 터이니.

쓰러진 꽃

피어나지 않은 꽃이라고 나무라지 마라
누구를 위해 피워내 보려 한 적이 없다면.

그리운 사람

하늘에 그린다, 시를
아니다, 당신을 먼저 쓴다.

그

그리움을 멀리 두고 온 줄 알았는데 눈앞에 있다.

우산

비가 어지럽게 온다, 우산 없이도 좋았던 그때
지금은 우산 있는데 춥기만 하다
그때는 갔다, 추억은 모두 아름답다.

우산

지금이 좋다

새벽을 시작한다, 오늘은 어제보다 더 빨리 가겠지
산 날이 훨씬 많지만 지금이, 이대로가 더 좋다.

노년

강물이 흐른다, 세월이 사라진다
마법 같은 세상도 가고 있다, 경험이 기억이다
자유가 외롭다.

삶

착하게 살아도 불행이 오고
완벽한 때 기다려도 그날은 오지 않는다
처음이 서툴다면 좀 더 서툰 짓 철들기 전에 해볼걸
한 번에 여러 개의 문으로 들어갈 수 없는 것
즐거움을 자주 포기하지 않는 것
사랑하고 기다리고 일만 할 것
나를 주어로 사는 것
나이 듦을 두려워하지 않으면 잘살고 있다는 것
나이 듦을 두려워하지 않으면 잘살고 있다는 것.

멋진 사람

청춘이듯 사는 마음
삐걱거리는 관절, 그래도 오늘을 즐겁게 사는 사람.

인생

한 번 더 연습할 수 있다면 남은 인생 승리할 텐데
무대에 오르니 실전이네
두 번의 기회는 없다네
내려오며 생각하네, 나를 불태웠을까?

꽃밭에서

꽃밭에서 풀을 뽑으려다가 망설인다
모두 꽃이 필 텐데 꽃 아닌 것이 어느 것일까
좋은 말만 해주다가 돌아선다, 행복하다.

꽃밭에서

여유

바람은 가벼워서 오래 사는 걸까
마음을 비우며 살려는데 무엇이 뒤흔드는가
사랑이 빠졌나 보네
행복을 만질 수 없으니 너그러워져야겠네.

제6부

지금이 좋은 나이

하나, 둘, 셋이 아닌 구십구, 구십팔, 구십칠
거꾸로 내 나이를 세어본다
쉽다, 빠르다, 잃어버린 젊음이 억울하지 않다
외롭다, 억지 부리기에는 사치스럽다
얼마나 더 신비를 볼지 매일매일 새롭다

느리게 자유롭게

세상의 시간 따라 하기 버겁다
느리게 매우 느리게 살아보자
작은 웃음이 있는 하루면 충분하다
나다워지는 결심 한다, 자유롭다.

기도

하얀 솜털 같은 눈雪은 천지를 포옹한다
나는 누구에게 메마름 거들어 보았을까
죽어서 눈이 되어 하늘과 땅을 적셔보고 싶다.

시 한 수

하얀 눈 위로 새 한 마리 다가오네
모른 체 할까, 반갑다 손짓할까
천국 가서 할 말 생각하다 시 한 수만 적네.

사랑 다음

그는 말했다, 기억나지 않는 것까지 모두 말했다
사랑하면 끝없이 시작되나보다
사랑이 끝났다, 내가 말할 차례다.

시인

시간이 엉켰나보다, 희망과 추억이 섞였다
그래도 언어로 들어간다, 살아있는지 확인해야 한다
카페에 앉아 시를 쓴다.

산책길

내 영혼은 너무 작다, 가능하지 않을 일만 꿈꾼다
부서지지 않을 만큼 작아서인지 길을 잃지 않는다
산책길이 시시하다.

산책길

산山

시작과 끝이 없는 길을 간다
할 말을 숨기기 좋고
생각에 잠기기 좋은 수풀 가려진 산
얼마나 가야 바다로 연결될까
어제와 다르게 걷는다, 나만큼 산을 모르겠다.

해변의 나그네

눈물이 헤픈 것은 나이 들어서 때문은 아니다
사랑의 눈물이 아니면 무지개가 뜰 리 없다
누군가의 눈물이 모여 바다가 되었으리라
바닷가를 걷는 나그네 해변을 적신다.

찻집

나의 시대는 아직 오지 않았다
홀연 사라지는 구름처럼 나선다
누구도 되지 않아도 된다고 독백한다
찻집을 나서며 생각의 결실을 생각한다.

아름답다

너는 아름답다, 사랑도 아름답다
아름다운 것은 위험하다
아름다움의 함정 밀어낼 수 없다.

지금이 좋은 나이

하나, 둘, 셋이 아닌 구십구, 구십팔, 구십칠
거꾸로 내 나이를 세어본다
쉽다, 빠르다, 잃어버린 젊음이 억울하지 않다
외롭다, 억지 부리기에는 사치스럽다
얼마나 더 신비를 볼지 매일매일 새롭다.

자연인의 밤

별이 발아래 툭 떨어지게 하는 것
달을 잡고 웃으며 거니는 것
다정함 담아 놓으니 오늘도 행복 끝.

행복 만들기

오늘도 쌓는다, 웃었던 지나간 시간들을
오늘도 행한다, 좋은 날 많이 만들기를.

자문한다

사소한 길은 잘 가고 있는지 떠올리며 걷는다
꿈을 위해 걷는 길은 돌아보며
더 잘 가야 하는 것 아닐까?

천국

바쁘다는 핑계로 아름다운 것을 놓친다
긴 인생길에서 욕망의 무게를 내려놓고 보면
다 자유다, 천국이다.

소망

깨어날까
의심하면서 아침에 눈 뜬다는 것은 기적이다
오늘은 진짜로 아름다운 그림 세상 만들어야겠다.

무회전

아름답다 말하지 말라, 석양
사라지는 것이니 아름답다, 노을
우리네 인생은 회전목마처럼 돌고 돌지 않는다
더 아름답게 피워야 할 이유다.

어느 곤충의 삶

이름 모를 곤충 한 마리 빠른 걸음으로
나뭇가지에 오르고 있다
오르고 또 올라도 별것 없을 텐데 쉬지 않는다
정상에 가서 무엇할까, 호기심 생긴다
앗! 새 한 마리 날아와 먹어버린다
이름도 없이 이유도 없이 곤충의 생이 마감되었다
누구를 해친 적도 악을 행한 적도 없다고
항변할 시간이 없었다
순하고 착하게 산다는 게
불행과 멀다는 것만은 아닌 모양이다
나무 뒷면 쪽으로 오를 것을
한 번이라도 뒤돌아볼 것을, 후회는 늦었다
아니다, 곤충은 알았을 것이다
남은 생에서 더 많은 실수를 저지르다 가는 것이
두렵지 않았다고
과거가 현재를 지배하도록 해서는
안 되는 것 아닌가
끝까지 가 보았자 소용없는 일
사소한 것에 목숨을 걸었구나
죽더라도 원하는 삶 살 것이고

하고 싶은 것에 미치는 길을 걷겠다고
하고픈 일 고민하지 않고 정진했으니 참 잘했다고
묘비에 써 주어야 하나
만약 생을 다시 산다면 다가오는 세월과 맞서
싸우려 들지 않을 수 있었을까
어떠한 순간에나 자신을 믿으며 가다가 죽음을
맞이할 수 있을까
이름 모를 곤충 한 마리 세상에서 사라졌다.

어머니 방

어머니 하늘나라 가셨다
100세의 기록은 나보고 깨라고
99세 마지막 달에 가셨다
어머니 방 정리하면서 아릿한 마음 가눌 길 없다
버릴 것만 남기었기에 정리 간편하다
당연하게 누렸던 것이 죽으면 쓰레기구나
내가 가진 물건 돈 명예 역시 쓰레기 되겠구나
언젠가 놓지 못하는
늙은이 되기 전에 놓아야겠구나

어머니는 이승을 떠난 후의 뒤처리를 해 놓았다
남은 사람을 생각했는지 정리할 것이 없다.
종량제 봉투 몇 개면 끝이다
옷장 등 가구까지 미리 기부했다
버릴 것만 남겨 놓으셨다
죽는 날을 모르니 정리는 수시로 해야겠다
어머니는
그동안 자신의 물건을 철저하게 정리하셨다
텅 빈 어머니의 방 정리 끝났다
갑자기 서글픔이 가슴에 밀려온다

문을 박차고 나선다, 흰 눈이 내린다
어머니가 보고 싶도록 길들어진 까닭에 눈물은
흘릴 각오가 되어 있다.

다 지나간다

초판 발행 | 2026년 1월 5일

지 은 이 | 송 양 의
펴 낸 이 | 노 용 제
펴 낸 곳 | 정은출판

출판등록 | 2004년 10월 27일
등록번호 | 제2-4053호
편집 및 디자인 | 김 상 희
주   소 | 04558 서울시 중구 창경궁로 1길 29 (3층)
대표전화 | 02-2272-9280
팩   스 | 02-2277-1350
이 메 일 | rossjw@hanmail.net
홈페이지 | www.je-books.com

ISBN 978-89-5824-528-5 (03810)

ⓒ 정은출판 2026
값 13,000원

* 잘못된 책은 교환해 드립니다.
* 이 책의 판권은 지은이와 정은출판에 있습니다.
* 양측의 서면 동의 없는 무단 전재 및 복제를 금합니다.